I0686450

Couverture inférieure manquante

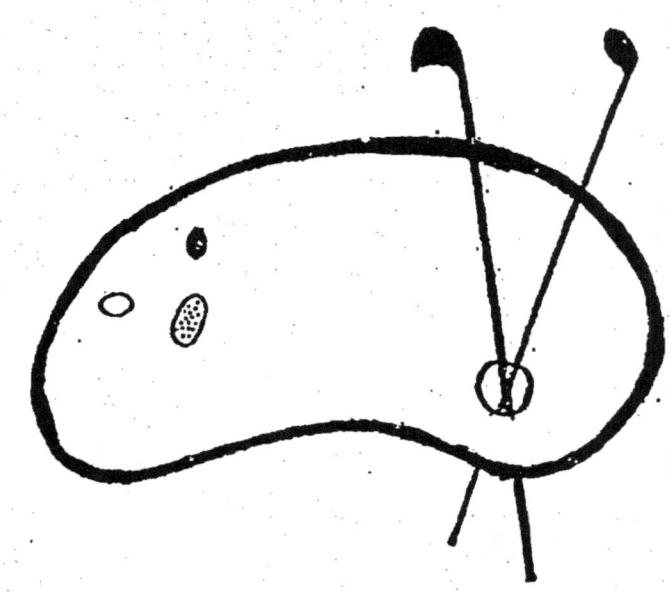

DEBUT D'UNE SERIE DE DOCUMENTS
EN COULEUR

Aux
JEUNES FILLES

(Titre précédent : Aux Jeunes Ouvrières)

CONSEILS D'UNE MÈRE

PAR

Mme Paul DE SCHLUMBERGER

Tu ne savais pas. — Tu sais.

DEUXIÈME ÉDITION

PARIS
LIBRAIRIE FISCHBACHER
Société anonyme
33, RUE DE SEINE, 33

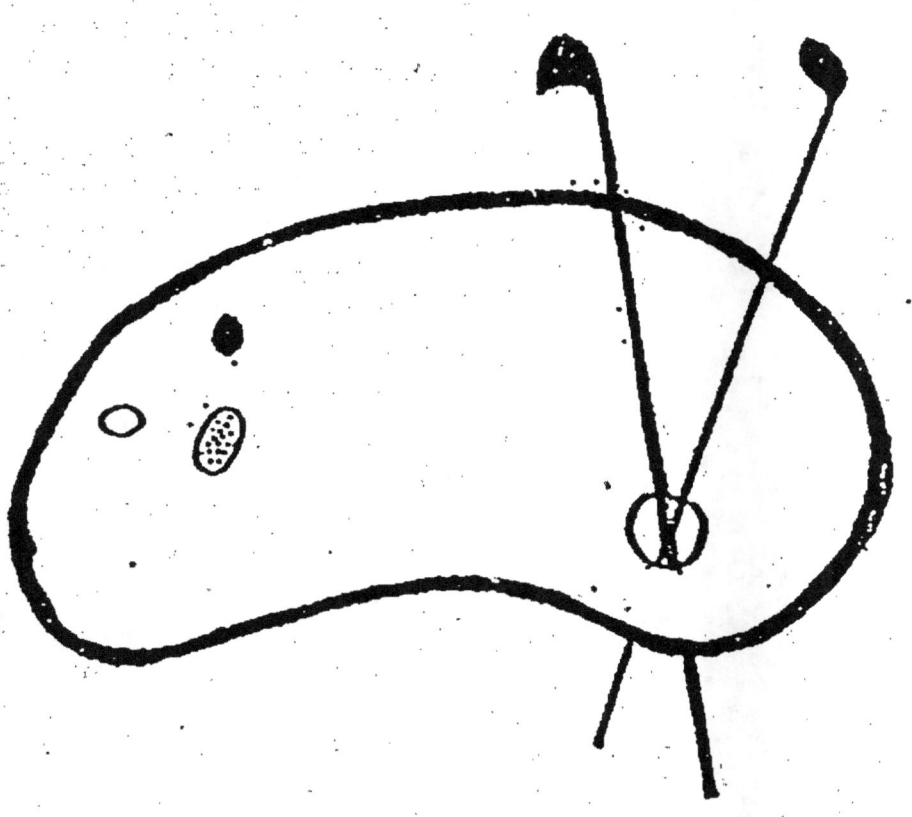

FIN D'UNE SERIE DE DOCUMENTS
EN COULEUR

AUX JEUNES FILLES

Aux
JEUNES FILLES

(Titre précédent : Aux Jeunes Ouvrières)

CONSEILS D'UNE MÈRE

PAR

Mme Paul DE SCHLUMBERGER

Tu ne savais pas. — Tu sais.

DEUXIÈME ÉDITION

PARIS

LIBRAIRIE FISCHBACHER

Société anonyme

33, RUE DE SEINE, 33

PRÉFACE

Si j'ai changé le titre de cette brochure à sa seconde édition, c'est que bien des gens m'ont fait la remarque que le mot d'ouvrières la spécialisait trop et qu'elle s'adaptait aussi bien aux besoins de beaucoup d'autres jeunes filles qui, en voyant le mot d'ouvrières, ne la croyaient pas adressée à elles.

Quelques amis des jeunes filles m'ayant demandé aussi d'ajouter ou de développer certains passages, j'ai reconnu la justesse de leurs remarques et j'ai suivi leurs conseils. Puisse cette petite brochure rendre service à beaucoup de jeunes filles isolées!

DE WITT SCHLUMBERGER.

Lis.

Lis ces quelques lignes, mon enfant; elles te diront ce que contient cette petite brochure que j'ai écrite pour toi, oui, pour toi spécialement, si tu es une des jeunes filles qui connaissent encore mal la vie, même en croyant tout savoir. Tu me permets de te tutoyer, n'est-ce pas, puisque je te parle comme à mon enfant?

Lis cette petite brochure, je te dirai des choses que tu ne sais pas, et je t'en rappellerai que tu as oubliées. Lis, mon enfant, je ne t'ennuierai pas, car je ne veux parler qu'à ton cœur et te mettre en garde contre des dangers que tu connais mal.

Sois sûre que je connais les besoins de ton cœur, sa grande soif de bonheur et de joie, cette soif si naturelle; je veux seulement te montrer où est la source d'eau pure où tu peux te désaltérer, et le danger des sources empoisonnées qui te feraient mourir.

L'eau de la connaissance indispensable à tout être humain qui réfléchit peut lui être donnée dans une coupe propre ou dans une coupe sale. C'est la coupe propre que je veux présenter à tes lèvres.

Lis, mon enfant, je t'aime!

La Vie.

Le beau cadeau. — Je t'ai promis, enfant, de te faire connaître bien des choses, mais je voudrais d'abord savoir si tu te rends compte du cadeau que tu as reçu à ta naissance, dans ton berceau, un beau cadeau, de grande valeur, qui est donné à tout enfant, pauvre ou riche, et que parfois on jette de côté plus tard, sans en prendre soin. Quelle pitié!

Ce cadeau, c'est ton honneur, ta pureté; c'est un précieux trésor que toute jeune fille doit défendre, car il lui appartient. Personne n'a le droit de te le prendre, et personne aussi ne peut te le rendre si tu le perds. Tu vois combien ce cadeau est précieux! Peut-être n'y avais-tu jamais pensé, petite amie, petite ou grande amie, car toutes les jeunes filles ne sont plus nécessairement des enfants, et je suis l'amie des jeunes filles. Tu vois que tu étais plus riche que tu ne pensais. Tu ne savais seulement pas que tu avais reçu un cadeau! ainsi que celui de la vie, celui de la jeunesse!...

Mais quand on reçoit un cadeau, on a une responsabilité : Dieu t'a donné la vie, la jeunesse, *ton honneur*, mais ce n'est pas pour les gaspiller et les gâcher. Quand tu donnes quelque chose à quelqu'un, tu veux, toi aussi, qu'on en prenne soin? Dieu te donne ces cadeaux pour que tu les conserves précieusement.

Et j'ai vu, malheureusement, que beaucoup de jeunes filles se font une idée fausse de la vie; qu'elles n'ont compris ni le cadeau, ni la responsabilité qui en découle, et au lieu de se faire un bel idéal de ce que doit être leur vie, au lieu de regarder bien droit et bien haut vers le soleil et le bonheur, elles se font un idéal trop bas; leur âme marche comme à quatre pattes, en regardant en bas dans la boue. Là n'est pas le bonheur, enfant! viens avec moi, je te dirai comment on peut travailler à son bonheur, quoique je ne veuille ici parler ni d'ambition, ni de position, ni de richesse, car ce ne sont pas ces choses qui font le bonheur.

Je désire que personne ne soit choqué par mes paroles, car comme le disait un homme célèbre : « *Si ce que je dis scandalise quelque personne, qu'elle accuse plutôt les souillures du cœur humain que les paroles dont je suis bien forcé de me servir pour exprimer ma pensée.* » Du reste je ne parle pas à celles qui n'ont pas besoin de conseils. Je parle à celles — et je les sais nombreuses — qui ont besoin qu'on les aide à comprendre la vie, et à faire une belle vie de celle qu'elles ont peut-être déjà un peu gâchée par ignorance. Tu ne savais pas — je veux t'apprendre à savoir.

Je pose d'abord un principe, c'est que tout le

monde, mon enfant, tout le monde, entends-tu, peut avoir du bonheur. Il suffit de vouloir. Tu n'aurais pas cru cela? C'est une joyeuse nouvelle! — seulement la première chose est de ne pas se tromper sur ce qui fait le bonheur et la deuxième chose est de ne pas se tromper sur le vrai ou le faux amour.

Tu te dis : « Ah! je commence à comprendre cette dame qui se dit mon amie; le bonheur, l'amour, je comprends que ça aille ensemble! » — Non, mon enfant, tu n'as pas compris, car tu penses à un bonheur égoïste, qui se commence et se termine dans l'amour que tu recevras.

Certes, il est légitime de penser à l'amour et au mariage, mais moi qui voudrais que ta vie fût toute remplie d'amour, je voudrais surtout qu'il s'agisse de l'amour *que toi tu donneras* à tous ceux qui t'entourent, peut-être une fois à un mari, mais d'abord à d'autres, à tes parents, à tes camarades. C'est l'amour que tu donneras qui embellira ta vie. Apprends à donner, toujours donner, sans trop te préoccuper de ce que tu reçois. Tu seras alors sûre d'être heureuse.

Le bel idéal de la vie. — Fais-toi de la vie un bel idéal! Sais-tu ce que c'est, enfant? Beaucoup de gens s'en passent, mais c'est comme s'ils n'avaient pas de soleil dans leur vie, comme s'ils vivaient dans un trou noir sans lumière.

Comme je le disais plus haut, une des

grandes raisons qui font tomber les jeunes filles, c'est qu'elles n'ont qu'un idéal trop médiocre ou qu'elles n'en ont pas du tout. Je voudrais que toute jeune fille cherche à réfléchir et se demande ce qu'elle désire faire de bien dans sa vie. Si on ne désire rien, on se laisse aller au hasard, et c'est ce qu'il ne faut pas. Il faut désirer quelque chose de noble et d'élevé, et diriger soi-même sa vie. Chacune le peut beaucoup plus qu'elle ne croit; seulement il faut savoir écouter sa Directrice.

Directrice Conscience. — Chacune de nous porte en elle une directrice qui est pour elle toute seule. Tu croyais peut-être que les demoiselles qui ont fait des études en ont seules? Pas du tout, la tienne est très bien instruite de ce que tu dois faire ou ne pas faire; elle saura bien te le dire, si tu veux seulement l'écouter; elle s'appelle Mme Conscience. C'est une personne très délicate; elle se portera bien et deviendra tous les jours plus belle si tu lui obéis; mais si tu refuses de l'écouter, elle sera malade de chagrin, te parlera de moins en moins et finira par mourir. Alors, tu n'auras plus de directrice, et tu seras tombée bien bas.

L'escalier. — De quel escalier, je vous prie? — La vie, enfant, est comme un escalier au milieu duquel nous nous trouvons, quand nous commençons à nous rendre compte que nous avons une conscience, et cet escalier est ainsi

— 7 —

fait, qu'il faut que nous montions plus haut ou que nous descendions plus bas. Le haut de l'escalier est en plein soleil de bonheur, et le bas plonge dans une ombre malsaine et nauséabonde. Malheureusement il faut un effort pour gravir chaque marche de l'escalier qui monte vers la vraie joie, le bonheur et l'indépendance, tandis qu'il n'y a qu'à se laisser aller pour descendre les marches de l'escalier qui est au-dessous de nous. Ces marches sont comme recouvertes d'un tapis agréable qui nous cache la boue dans laquelle nous descendons. Le tapis, c'est la paresse, les beaux habits, les bonnes choses à manger et à boire. Comme tout cela est agréable, et combien toutes les fausses lumières qui éclairent la route sont jolies! Oui, mais l'escalier descend et ce sera plus difficile à remonter tout à l'heure! Prends garde, enfant, regarde donc là-haut la lumière du soleil pur, du vrai bonheur gagné par tes efforts! — Mais je suis fatiguée, et ces marches sont si dures à monter! — Oui, je sais que tu es fatiguée, donne-moi la main, brave enfant. Fais un effort, chaque marche deviendra moins dure, à mesure que tu seras habituée à faire un effort sur toi-même et à vaincre ta paresse et tes mauvaises habitudes! — N'ai-je pas monté une marche, il me semble que je me sens moins paresseuse, moins bavarde? — Regarde là-haut, vois comme ces jeunes filles avancent par leur travail vers plus d'indépendance et de bonheur. J'en vois une qui a derrière son dos tout un trousseau qu'elle s'est cousu pour plus tard. Celle-là ne possède pas grand'chose, mais elle a la joie d'avoir aidé sa famille. Cette autre travaille avec courage à vaincre son goût du luxe et des friandises. — Oh! je crois que j'entends Emma qui est tombée tout au bas de l'escalier. Comme elle pleure! Quels affreux sanglots!

— Hélas! c'est qu'elle s'est trompée, elle aussi, sur ce que c'est que le bonheur. Elle ne savait pas qu'on ne le trouve qu'en cherchant à en donner à d'autres, à ceux qui vous entourent, en les aimant, en cherchant à leur être agréable et bonne, en les aidant ne fût-ce que par une bonne parole ou un sourire. Chacune est assez riche pour avoir un sourire à donner. Elle avait oublié que pour être heureux, il faut avoir une vie toute remplie de travail, pour soi et pour les autres. Elle avait oublié sa directrice *Conscience*, et Conscience est morte. Conscience ne se trompe jamais, elle, et si elle demande des sacrifices, c'est qu'elle les sait nécessaires : « *Tu dois ou tu ne dois pas.* » Toute la question est de savoir si tu sauras obéir à Conscience.

Comment on tombe. — Je te raconterai tout à l'heure l'histoire de Marie, la pauvre fille qui est tombée parce qu'elle *ne savait pas*, et comment son père, même, qui passait pour un homme « très bien » l'a abandonnée; elle te rappellera d'autres jeunes filles que tu connais. Je veux que tu ne puisses pas dire, toi, que tu *ne savais* *pas*. Hélas! beaucoup d'entre vous se croient assez fortes pour s'arrêter, quand elles voudront, sur la pente mauvaise de la légèreté, de la coquetterie et de la paresse, mais, je te le dis, c'est une erreur; quand on tombe, on roule presque toujours jusqu'en bas. Je suis décidée à te faire connaître ce qui t'attend, si tu ne tiens pas ferme à l'idéal de vie que j'ai tâché de te faire comprendre.

Si tu savais combien il y a de manières diverses de tomber! Toi, tu peux tomber parce que tu n'aimes pas le travail qui est si beau pourtant, puisqu'il nous rend indépendant. Prends garde!

Toi, tu peux tomber par mollesse, parce que tu n'as qu'une volonté faite comme un chiffon, tu ne sais pas résister aux tentations et tu n'aimes guère non plus le travail. Prends garde!

Toi, tu peux tomber par amour du luxe, des beaux habits, des bijoux. A quoi donc te serviront tes beaux habits, une fois que ton honneur sera parti? Ils ne vaudront pas la pauvre robe d'une fille restée honnête et qui gagne péniblement sa vie. Et ce sera sûrement l'avis des braves jeunes gens qui auraient pu songer à t'épouser dans d'autres conditions. Prends garde, ma fille!

Toi, tu peux tomber *par curiosité*, parce que le mystère dont on entoure dans notre société tout ce qu'on rapporte à l'amour que doivent avoir entre eux des époux, inquiète et irrite ton désir de savoir, de connaître. C'est pour t'instruire d'une manière pure que je te parle aujourd'hui.

Prends garde aussi, toi, tu es coquette, tu aimes trop les doux yeux, et tu ne te demandes pas si les douces paroles qu'on te chuchotte à l'oreille ne cachent pas de vilaines pensées. Je te connais! tu aimes aussi à faire de doux yeux pour exciter les hommes. Tu te rends à peine compte du mal que tu fais, mais sois sûre d'une chose, c'est que c'est toi qui paieras tout cela, tes doux yeux et ceux que les hommes te font. C'est toujours la femme qui finit par payer! Tu me réponds que c'est bien injuste de payer pour les deux. Tu as peut-être raison, sache seulement que c'est comme cela que cela se passe.

Se donner. — Il est tout naturel pour une jeune fille de penser à l'amour et au mariage, mais il n'est pas bon de ne penser qu'à cela, puisque c'est une chose qui peut ne jamais se réaliser. L'amour, dans le mariage, est une si belle chose, qu'il faut s'y préparer pendant toute sa jeunesse, en tâchant de se perfectionner pour en devenir plus digne, mais il n'y faut pas toujours songer, car tu peux ne jamais atteindre à ce bonheur; et comme tu as un cœur qui a faim, la meilleure manière de le nourrir est de lui apprendre à se donner aux autres et de l'intéresser aux choses élevées. On trouve toujours des gens qui ont besoin de vous.

L'histoire de Marie
ou
ce qui arrive quand on ne sait pas.

— Qu'est donc devenue Marie Giraud? disait une grande ouvrière blonde en sortant de l'usine avec sa compagne.

— Tu sais bien qu'elle vivait avec Armand, ce garçon coiffeur qui n'a passé que six mois dans le quartier. Elle s'en est laissé conter par lui, et elle trouvait ça amusant. Faut dire qu'il lui en donnait, de jolies choses, et des robes, et une belle écharpe, et des chapeaux. Aussi elle était fière, faut voir!

— Et puis il l'a plantée là, et on ne la voit plus.

— Ça a été un malheur pour elle de le rencontrer au bal; ces bals, c'est souvent la perdition. Elle a cru qu'il l'épouserait, il avait promis, mais comme tu dis, il l'a plantée là, et il a disparu. Le père de Marie était furieux, c'est un homme très bien, le père, et il n'a plus rien voulu savoir d'elle. J'ai entendu dire qu'elle était malade. Elle était paresseuse, il faut dire, le contremaître la grondait souvent, il a refusé son ouvrage, et en fin de compte, il l'a renvoyée.

— C'est dommage, elle était bonne fille.

— Oui, bonne fille, mais elle n'avait pas pour deux sous de courage, et coquette avec ça, tu peux m'en croire!

Et les deux ouvrières se séparèrent, sans plus s'occuper de Marie Giraud. On voit ça si souvent dans la vie d'ouvrière de fabrique; une fille qui tombe, est-ce qu'on y fait attention? Tant que ça n'est pas votre tour, est-ce qu'on pense aux souffrances, aux hontes qu'entraîne la chute?

On court à la rencontre du plaisir, et derrière le plaisir, tapies dans l'ombre pour vous guetter, on n'a pas vu la honte et souvent la mort qui vous attendaient.

La malheureuse Marie Giraud était tombée, et tombée très bas. Lorsqu'elle était retournée chez son père veuf, il l'avait mise brutalement à la porte. Elle avait fondu en larmes en sanglotant : « Je suis enceinte, » mais une voix dure avait répondu : « Ai-je besoin d'une bouche de plus à nourrir, va retrouver ton Armand! »

Armand avait disparu; le misérable, se doutant de l'état de sa maîtresse, lui avait caché sa nouvelle adresse. Lui non plus n'avait pas envie d'accepter la charge de l'enfant, et pourtant il était né de lui! Marie et lui n'avaient cherché que le plaisir sans les devoirs, ils étaient aussi coupables l'un que l'autre, seulement la conséquence de la faute retombait tout entière sur l'ouvrière! Ah! si elle avait su à quoi aboutiraient la belle robe et les jolis chapeaux! elle

— 13 —

aurait pu le savoir, si elle avait voulu réfléchir !
Il devait encore lui arriver pire !

Marie chercha partout son séducteur ; elle lui
écrivit lettre sur lettre, mais tous ses efforts
furent vains. Elle était seule, toute seule et l'enfant allait venir, le cher petit enfant qui aurait
dû être une joie et qui était le symbole de la honte.

Marie faisait un peu de couture, mais elle
n'avait jamais su bien coudre quand elle était
paresseuse, et elle gagnait à peine de quoi ne pas
mourir de faim. Elle s'usait les yeux à force de
pleurer. Une mauvaise conseillère lui avait dit
cyniquement : « Va donc le soir dans la rue, si
tu as faim, tu trouveras bien quelqu'un, » mais
Marie n'avait pas voulu.

Pour comble de malheur, elle s'aperçut
qu'elle était malade, le misérable père de son
enfant lui avait transmis une de ces terribles
maladies vénériennes si graves, qu'on ne s'en
remet que rarement, et dont l'enfant, quand il
vient à terme, hérite presque toujours. Armand
savait bien qu'il avait lui-même été infecté,
mais dans son égoïsme ne s'était pas soucié du
danger qu'il faisait courir à sa maîtresse : « Tant
pis, s'était-il dit, peut-être bien qu'elle n'attra-
pera pas la maladie ! » mais les maladies qui
accompagnent si fréquemment l'inconduite sont
tellement contagieuses, qu'on est *certain* de les
« attraper. »

Marie était entrée à l'hôpital ; elle se disait :
« J'aimerai mon petit enfant ; quand je l'aurai,
tout sera changé. Pour lui, je veux travailler et

devenir une brave femme. » Elle reprenait un peu de courage.

Mais voilà! la maladie qu'on lui avait transmise fit mourir l'enfant au moment de sa naissance, et Marie sortit de l'hôpital absolument désespérée. Elle se sentait faible et malade, et incapable de lutter contre aucune tentation. Elle s'était raccrochée à l'idée de cet enfant, et maintenant tout s'effondrait sous ses pas.

Hélas! la sortie de l'hôpital est un moment critique que guettent les affreux trafiquants de chair humaine. Ils rôdent autour des hôpitaux, attendent comme des bêtes de proie les malheureuses femmes qui vont en sortir, inquiètes du pain du lendemain. Ils leur font de belles promesses auxquelles elles succombent trop souvent, incapables qu'elles sont, à cause de leur faiblesse physique et morale, de se diriger vers une vie honnête et courageuse.

Marie avait bien dit à celui qui lui offrait de la placer : « J'ai eu un malheur, je veux maintenant rester honnête, » il répondit : « Oui, je sais pour vous une très bonne place. » Il l'emmena dîner, la grisa, et le soir même, il l'avait vendue pour 500 francs à la tenancière d'une maison de prostitution.

Marie était déjà tombée une fois par coquetterie et par paresse; elle avait maintenant perdu toute force et tout courage, elle ne résista que faiblement; il lui semblait que tout ce qu'elle faisait était indifférent, et que personne ne s'intéressait plus à elle.

Pauvre fille! si seulement, avant de se fier avec tant de légèreté aux promesses d'Armand, elle s'était fait de la vie un idéal pur et courageux! Si quelqu'un lui avait appris à connaître cet idéal, peut-être serait-elle maintenant une mère heureuse entourée de ses enfants et de son mari. Et maintenant!

Maintenant elle tombe de plus en plus bas! Dans l'affreuse maison de débauche où on l'a fait entrer par une tromperie à laquelle elle n'a pas eu le courage de résister, on l' forcée à boire; puis elle s'y est accoutumée, pour supporter les fatigues et les dégoûts de ce qu'elle appelle, comme ses compagnes de honte, *son métier*. Elle s'aperçoit bientôt que *ce métier* n'est que le plus bas et le plus dur des esclavages dont tout son être se révolte.

Marie est malade, elle le sait et cache sa maladie avec rage : « Tant mieux si j'en contamine quelques-uns de ces sales hommes! Armand m'a bien contaminée, et je suis sûre qu'il savait qu'il était malade! »

Peu à peu la maladie mal soignée devient de plus en plus visible, les cheveux et les dents tombent, d'affreuses plaies attaquent le nez et les lèvres, et au moment où la toux continuelle annonce que la tuberculose, si fréquente en pareil cas, est venue compliquer l'état de la malheureuse, la tenancière de la maison de tolérance annonce un matin à Marie, d'un ton sec, qu'elle doit, d'ici deux jours, quitter la place. Elle n'est plus utilisable, dans son état de mala-

— 16 —

die et de misère physique, elle ne peut plus rapporter d'argent aux vautours qui l'ont exploitée.

Marie, à moitié ivre, supplie encore. Elle a horreur de l'enfer dans lequel elle vit, mais elle est tombée si bas qu'elle ne songe plus qu'à avoir à manger et à boire. La tenancière la met à la porte. Au bout de quinze jours de vagabondage et de misère errante, en ayant faim et en ayant froid, elle mourut sur un grabat, dans un taudis! Elle n'avait pas trente ans.

Quelques minutes avant sa mort, il lui sembla qu'elle voyait danser devant elle des objets de toilette. Elle se souleva : Qu'est-ce donc? » Elle reconnut la robe, l'écharpe, le chapeau dont Armand s'était servi pour la tenter, lors de sa première chute. « Ah! misère! si j'avais su! » murmura-t-elle, et elle ne bougea plus.

Hélas, l'histoire de Marie se renouvelle bien souvent avec quelques variantes, même parmi les jeunes filles qui n'ont pas toujours besoin de travailler pour vivre. Combien de jeunes filles ont quitté des familles honorables et aisées, pour suivre quelqu'un qui les flattait ou leur faisait des promesses! Mais si le commencement n'est pas toujours le même, la triste fin est presque toujours semblable.

Jeunes filles, prenez garde!

2

L'Amour et son but.

Je t'ai dit, enfant, que pour avoir une belle vie il fallait se créer un bel idéal, et qu'une des choses les plus importantes était de ne point se tromper sur l'amour et de ne pas prendre le *faux* pour le *vrai*.

L'amour vrai et le faux amour. — L'amour vrai se reconnaît à une chose, c'est qu'il est respectueux. N'oublie jamais cela, ma fille. Si un homme te parle d'amour, sans te parler de mariage, sauve-toi au plus vite; il ne t'offre que de l'amour faux. Ne te fie à aucune promesse.

Sais-tu seulement ce que c'est que l'amour? On en plaisante souvent, mais c'est un grand tort, une profanation! Et moi je voudrais que tu te fisses une idée juste des choses! Si on en plaisante, c'est parce que de la chose la plus belle on fait parfois la chose la plus laide et la plus basse! Ce n'est que lorsque l'on est habitué à un idéal élevé de l'amour, que l'on comprend aussi l'horreur et le sacrilège de l'amour passager.

— 18 —

Le mariage, sécurité indispensable pour la femme et les enfants. — Les relations sexuelles physiques ne peuvent être belles que si elles sont sanctifiées par l'amour, et par l'amour durable de deux êtres qui veulent se consacrer l'un à l'autre pour toute leur vie, et en accepter les devoirs aussi bien que le bonheur. Le mariage, c'est-à-dire la durée assurée, dans la mesure du possible, doit être une condition absolue, non seulement pour la sécurité de ton avenir, mais surtout à cause des enfants qui peuvent venir. Malheur à celle qui se donne en dehors du mariage! Malheur à celle qui met au monde des enfants sans père légal! Malheur à celle qui devra plus tard détourner la tête avec honte devant les questions de son enfant!

La procréation dans toute la nature. — L'amour est une grande loi qui se rencontre partout dans la nature, et son but est la création d'êtres semblables à nous et qui doivent nous succéder. Nous recevons donc un don magnifique, en même temps qu'une effrayante responsabilité (l'as-tu seulement jamais compris, enfant?), lorsqu'à l'âge adulte nous acquérons la puissance de créer, à notre tour, des êtres capables de vivre, capables d'être heureux et aussi de souffrir. Nous créons un corps et une âme, quelle chose admirable!

L'amour a donc un but noble et élevé. Malheur à ceux qui le profanent et l'avilissent! Sois pure, ma fille, sois pure comme un beau lis; conserve-toi pour l'amour vrai qui viendra peut-être un jour.

La procréation chez les fleurs. — Quand je te parle de ta ressemblance avec un lis, avec une fleur, la chose est plus vraie que tu ne crois. La loi de procréation, qui est la manière dont la nature assure la continuation des espèces, est à peu près la même dans tout l'univers, et tu contempleras les fleurs avec plus d'intérêt, quand je t'aurai raconté que le pistil, qui est placé au milieu de la fleur, représente la partie femelle, et que sur elle tombe le *pollen* ou fine poussière, qui se détache des étamines, qui sont la partie mâle. Ce pollen descend par de fins conduits jusqu'au bas du pistil, jusqu'à l'ovaire qu'il féconde, et où les graines se développent peu à peu jusqu'à leur maturité.

Ressemblance réelle de la fleur et de la femme. — Cet ovaire de la fleur représente celui de la femme, et la petite chambre où l'enfant est conçu et où il doit se développer jusqu'à sa naissance. Les diverses parties de la fleur ne sont guère plus délicates que celles de la femme, dans leur admirable agencement, et les organes de la femme ne supportent pas plus que les fleurs, qu'on les malmène et les brutalise pour d'autre but que le but sacré de la création de l'enfant.

Vois, ma fille, les belles choses que Dieu a faites, et l'admirable organisation de tout cet univers qu'il a créé.

Par contre Dieu a voulu que chacun fût responsable de ses actions, et la jeune fille qui se laisse aller et succombe à la tentation, court le risque de la grossesse et de mettre au monde un pauvre petit enfant qu'on appellera « enfant naturel » et qui portera toute sa vie la faute de celle qu'on nommera avec dureté « fille-mère. »

Responsabilité envers les enfants. — Mais comme je te l'ai déjà dit, si tu as reçu à ta naissance le cadeau que sont ton honneur et ta pureté, c'est un dépôt sacré que la jeune fille doit défendre jusqu'au jour de son mariage avec l'homme auquel elle promettra de consacrer sa vie, et elle est de même responsable envers ses futurs enfants, du bon état des organes qui doivent leur donner le jour.

Habitudes vicieuses. Je ne veux pas m'arrêter longtemps à parler des terribles habitudes du *vice solitaire* que contractent certaines jeunes filles, parfois encore des enfants, sur le conseil d'une mauvaise camarade et qui congestionnent ces organes intérieurs et sacrés de la femme, entraînant souvent de terribles anémies et des désordres de diverses natures. Le dégoût que m'inspirent ces pratiques m'empêcherait absolument d'en parler, si ma pitié n'était pas plus forte encore que mon dégoût, en pensant aux cris de désespoir poussés par ces malheureuses esclaves. Elles ont le dégoût et la honte d'elles-mêmes, mais elles n'ont pas le courage d'abandonner les terribles habitudes si facilement contractées et si difficiles à dompter. Songe à l'esclavage dont on devient ainsi victime, ma fille, et dis-toi que si peut-être ces jeunes filles *ne savaient pas, toi, tu sais* maintenant et que tu serais inexcusable.

On peut parler de tout avec pureté. — Je l'ai dit, ma fille, que je te préviendrais de tous les dangers. Si on ne doit jamais *plaisanter* sur l'amour, par contre, je soutiens qu'il n'y a pas de sujet qu'on ne puisse aborder, si on le fait avec gravité et avec un cœur pur.

Beauté du corps tenu en bride. — Ne regarde pas ton corps comme une mauvaise chose, mon enfant; le corps si merveilleusement bâti est une belle et bonne chose, à condition que ton âme sache le tenir en bride et le maintenir sous sa volonté.

Avortements. — Je te parlais d'un danger pour les organes de la femme; ce danger ce sont les avortements auxquels ont recours certaines personnes pour cacher les suites de leur inconduite. En se faisant avorter, même à *deux* mois, elles ne se rendent pas compte qu'elles *tuent* un petit être vivant, et que si elles pouvaient l'examiner au microscope, elles verraient une tête, des bras et des jambes; elles auraient peut-être pitié de ce commencement d'enfant qu'elles devraient aimer, mais en outre les médecins affirment que les femmes qui se font avorter endommagent très gravement leurs organes qui sont blessés par cette intervention contre nature. Les avortements amènent (parfois longtemps après) des inflammations intérieures, des tumeurs, et toute une série de graves maladies. Voilà, je t'ai prévenue, tu ne diras pas que *tu ne savais pas!* Préviens les malheureuses que tu croirais disposées à employer de pareils moyens et qui les appellent parfois « se débarrasser, » même quand elles sont enceintes de plusieurs mois. Oh! l'horrible crime!

Le danger physique n'est pas moins grand quand, malheureusement, on s'adonne aux pratiques prêchées ouvertement de nos jours par la secte néo-malthusienne, qui permet, dit-on, de s'adonner au vice sans en encourir les responsabilités. Un estomac dont on exciterait incessamment l'appétit sans lui donner de quoi se nourrir serait vite un estomac perdu. Il en est de même pour nos autres organes qui ont été créés pour une fin, un but, et qui souffrent, si on les met en œuvre dans une autre intention.

Qui veut des chansons?

CHANSONS D'UN COEUR GAI

CHANSONS ET PENSÉES QUI SALISSENT

Un mot, deux mots, trois mots. — Nous avons parlé de l'escalier de la vie, ma petite amie, et de la manière dont il faut toujours monter. Je voudrais encore te dire un mot de ce qui pourrait te faire descendre, sans le vouloir, les marches de l'escalier, un mot des chansons, un mot des lectures et deux mots de la propreté.

« Quelle est la chanson que je t'ai entendu chanter tout à l'heure? Crois-moi, ne la chante plus, j'ai entendu de vilains mots et d'encore plus vilaines pensées. » — « Je n'y ai pas fait attention, c'est vrai! mais quel mal peut faire une chanson? »

Ne salis pas ton âme. — Crois-moi, elle te fait du mal. Ton esprit s'habitue ainsi aux vilains mots et aux vilaines choses qui font comme une poussière noire sur ton âme. Apprends de jolies chansons, il y en a beaucoup; chante-les gaiement; le chant fait du bien et donne du courage, mais ne chante jamais des chansons laides, elles salissent ton âme comme les mauvaises lectures.

Lectures. Feuilletons. — Ne lis jamais des romans remplis d'adultères et des descriptions de vilaines histoires. Comment veux-tu garder un esprit pur, si tu le nourris d'images sales et vicieuses? Jette les mauvais livres. Crains-les comme le feu. Evite les feuilletons de journaux.

Beaucoup d'ouvrières, sans avoir l'intention de mal faire, ternissent, chaque matin, leur âme par la lecture des feuilletons de journaux qu'elles lisent en se rendant à l'ouvrage; elles savent par expérience que plus un roman est rempli d'aventures affreuses et de crimes sans nom, plus on en attend avec impatience la suite, le lendemain. Peux-tu prétendre que cette lecture est bonne pour toi? que cette boue à jet continu n'éclabousse pas ton cœur? Si tu aimes à lire, consulte la liste que j'ai mise à la fin de la brochure; le libraire te les procurera pour peu d'argent, et tu pourras encore les prêter à d'autres.

Théâtre. — Ne va pas non plus voir au théâtre des pièces dont une brave fille rougirait devant une bonne mère, cela aussi salit ton âme.

Ai-je besoin de te dire qu'avant les vilaines chansons, les vilains livres et le vilain théâtre, tu dois te préserver d'un danger beaucoup plus fréquent, c'est celui des vilaines conversations et des curiosités malsaines. Rappelle-toi que le rouge t'est monté au visage en entendant les propos de l'une ou l'autre de tes camarades et les récits qu'elle faisait en riant et en chuchotant. Rappelle-toi que tu as écouté cette vilaine conversation, au lieu de te sauver, et que tu as même posé des questions, sans te soucier de ta pauvre âme que tu salissais en la nourrissant de boue, et de ton corps que tu excitais en écoutant ces saletés. Comment veux-tu te conduire proprement, si tu aimes les choses sales?

Crois-moi, aie l'horreur des vilaines conversations.

Propreté. — Et maintenant que nous avons parlé de la propreté de l'âme, parlons un peu de celle du corps. Ces deux propretés ont plus de rapport entre elles que tu ne crois.

Aimes-tu la propreté, enfant, la propreté exquise? Habitue-toi à la rechercher en toute chose, lave-toi les mains plusieurs fois par jour et que cela devienne pour toi un symbole de la pureté de ton âme.

Les pensées malpropres salissent l'âme, comme la boue salit les mains, et de même que tu salis ton âme en n'obéissant pas à ta conscience, de même, si tu ne prends pas l'horreur de la saleté autour de toi et sur toi, tu te laisseras plus facilement glisser sur la pente du déshonneur. Il faut *aimer* la propreté du corps!

La propreté n'est pas un luxe, elle est l'hygiène de ton corps et plus importante que tu ne crois dans la lutte pour la propreté morale. Tout ton corps doit être tenu propre. Quand tu le peux sers-toi des bains-douches à bon marché; mais si tu ne le peux pas, si tu n'as à ta disposition qu'une petite cuvette, elle est suffisante pour que tu sois sans tache, si tu savonnes l'une après l'autre toutes les parties de ta personne.

Si la propreté n'est pas un luxe, la toilette par contre est un terrible piège pour les jeunes filles. Porte des robes simples et des chapeaux simplement garnis. Si tu savais combien tu es plus jolie ainsi, aux yeux de ceux qui t'aiment, qu'avec tes bouts de dentelle fripée, tes plumes et tes rubans vite défraîchis! Fi, que c'est laid! car on y voit ton pauvre argent qui s'envole, au lieu de passer en linge pour ton trousseau.

Parmi les pensées qui salissent l'âme et qui ôtent toute vigueur et tout courage à plus d'une jeune fille, il en est une à laquelle je voudrais faire une guerre à mort, et je voudrais que, si tu entends énoncer devant toi cette opinion démoralisante, tu saches répondre avec vigueur et fierté! « C'est un mensonge! C'est une parole de lâche! »

L'opinion dont je parle est celle qui prétend qu'une femme ne peut pas gagner sa vie, sans le secours d'un homme; que le produit de son travail ne lui suffit pas pour s'entretenir, et qu'elle est excusable si elle a un « bon ami, » parce qu'elle a besoin de lui pour payer une partie de ses dépenses.

Je ne dis pas qu'il soit toujours facile de gagner sa vie, soit pour les paresseuses, soit pour celles qui ne savent aucun métier. Naturellement, si tu n'as fait aucun apprentissage, si tu ne sais rien faire, il n'est pas facile de t'employer. Le travail mal fait et fait le plus souvent avec mollesse ne mérite pas grand salaire et ne le reçoit pas. Mais je soutiens qu'une des grandes difficultés vient aussi du peu d'économie des jeunes filles, et de la manière dont, ayant à peine de quoi vivre, elles dépensent mal ce peu qu'elles ont et se permettent de dépenser 25 centimes de friandises par ici, et 50 centimes de colifichets par là, qui mettent leur budget en déficit immédiatement.

L'honneur d'une femme veut qu'elle se suffise par son travail; elle a des bras, des jambes et une tête, c'est pour s'en servir! La difficulté est de savoir comment il faut s'en servir.

Celles qui ont un métier, et qui ont fait un apprentissage, doivent chercher à se perfectionner et à ne pas rester dans le médiocre. Elles gagneront vite davantage. Mais je voudrais parler de l'énorme quantité de jeunes filles qui n'ont pas de métier et qui ne savent comment gagner honnêtement leur vie.

Couture et famine. — Je ne crois pas qu'il soit bon, quand on ne sait pas *parfaitement* coudre, de se tourner du côté de la couture. On meurt de faim, à ce métier-là, quand on n'est pas spécialisée et qu'on n'est pas très habile;

c'est la famine ou la mauvaise conduite qui est au bout.

Bonnes. — Je voudrais voir un nombre infiment plus grand de jeunes filles se placer comme bonnes, tout simplement. Là aussi il faut se donner un peu de peine, comme pour tout, mais on peut bien vite se perfectionner et arriver assez vite à gagner suffisamment pour s'entretenir et même mettre un peu de côté. Si on a une apparence propre et sérieuse, on se place facilement. Naturellement, on paie mal les bonnes paresseuses ou négligentes. C'est naturel! Il y a plus de demandes que d'offres, et c'est une carrière relativement douce, en comparaison de beaucoup d'autres.

Pourquoi tant de jeunes filles qui ne savent que faire ne se placent-elles pas comme bonnes?

Servir. — Il y a pour cela deux raisons, mais elles sont mauvaises toutes deux. On *n'aime pas servir* et on *veut de la liberté*.

Pourquoi ne pas vouloir servir? C'est une belle chose que de se dévouer aux autres, et si on vous paie pour cela, c'est le fruit de votre travail et de votre force. Cela n'a rien d'humiliant, et on peut le faire avec affection. Il y a aussi des petits enfants qu'on peut soigner, des mamans qu'on aide dans leur tâche fatigante; on doit être heureux de pouvoir le faire.

Je connais des servantes qui mettent régulièrement chaque année 500 francs à la caisse d'épargne. Quelle est la couturière qui en peut faire autant? Et les bonnes sont souvent mieux logées, surtout en province, et presque toujours mieux nourries. Quelle folie de tenir tant à la liberté et de supporter si mal les observations !

Manque de liberté. — Les jeunes filles craignent beaucoup le manque de liberté. Je le sais bien, même quand elles ne le disent pas. Mais cette liberté, que veut-on donc en faire?

Le plus souvent, la liberté qu'on veut, c'est la liberté de faire des sottises, d'aller au bal ou à toute autre distraction tout au moins inutile quand elle n'est pas coupable. La liberté est un danger !

Va, mon enfant, avoir peu de liberté, c'est une sauvegarde contre les mauvais penchants. Ne t'en plains pas.

Combien je voudrais te mettre en garde contre les bals publics qui font envie à tant de jeunes filles, contre ces sorties clandestines dont bien des maîtresses ont le tort de ne pas se préoccuper. Elles ferment souvent les yeux, en se disant qu'elles ne sont pas responsables de ce que font leurs bonnes quand elles ont fini leur travail. Elles ont grand tort, mais les bonnes apprécient souvent cette manière de raisonner qui augmente leur liberté. Les maîtresses doivent pourtant bien savoir que c'est dans les bals publics que beaucoup de petites bonnes font les mauvaises connaissances qui leur promettent monts et merveilles et les mènent à leur perte. Prends

garde, mon enfant! C'est toi qui as la lourde responsabilité de tes actions, si ta maîtresse ne se
soucie pas de te retenir et préfère ne pas s'en
mêler que de devoir toujours surveiller et d'a-
voir devant les yeux une figure grognon. Il
semble innocent de danser, de s'amuser, n'est-
ce pas? Eh oui! ce serait innocent s'il n'en ré-
sultait pas si souvent du mal!

Mieux vaut encore ne pas danser et ne pas
verser ensuite les larmes amères d'un repentir
qui vient *trop tard.*

Je te citerai, en terminant, quelques paroles
d'une autre femme qui est, comme moi, une
amie de la jeune fille. Mme Cramer a écrit aussi
pour vous : « Du fond de l'abîme de honte et
de désespoir dans lequel elles sont tombées, des
jeunes filles vous crient : ne faites pas comme
nous! Que notre exemple au moins vous serve!

Nous étions honnêtes, gaies, libres comme
vous, quelques moments de légèreté et d'exci-
tation ont suffi pour nous perdre. Nous vou-
lions seulement jouir de la vie, et nous ne
savions pas qu'il suffit de quitter une seule
heure le droit chemin, pour se perdre de répu-
tation et pour faire, d'une jeune fille innocente,
cette chose qu'on repousse du pied et qui ne
peut plus se relever....

N'acceptez pas d'invitations ni de proposi-
tions de la part des jeunes gens ou de personnes que vous connaissez mal. Ne buvez pas,
ne plaisantez pas avec eux, ne tolérez aucune
familiarité de leur part. Une jeune fille qui se

laisse manquer de respect, ne fût-ce que par un regard, a fait tomber une barrière qui était sa meilleure sauvegarde.

Veillez à ce que la porte de votre chambre ait une bonne serrure, et fermez-la à clef, quand vous vous y retirez. Ne vous laissez pas intimider, soyez fermes et dignes.

N'allez pas avec des jeunes filles hardies, qui cherchent à attirer l'attention, dans des lieux où vous n'aimeriez pas que vos parents vous voient.

Il y a des jeunes filles qui font naître la tentation, qui agacent les hommes, les provoquent et les excitent. Elles causent, par leur légèreté, la ruine et la dépravation de braves jeunes gens. Ceux-ci sont souvent faibles. Ils se laissent entraîner au mal comme ils se laisseraient entraîner au bien. Il en est peut-être qui attendent de vous que vous les aidiez à se dominer.

Pensez que ce sont vos frères, et que vous êtes responsables du tort que vous leur aurez fait. »

Tu vois, mon enfant, que Mme Cramer est de mon avis. Va ! toutes celles qui aiment les jeunes filles sont de mon avis.

La Traite des Blanches.

Encore une chose, chères amies, contre laquelle il faut que je vous mette en garde.

— Ah! mon Dieu, s'écrie l'une de vous, cette dame voit des dangers partout! A l'en croire, on ne pourrait pas faire un pas sans tomber dans un trou!

Eh bien! oui, justement! Je t'ai dit, enfant, que *tu ne savais pas;* tu ne connais pas les trous, et c'est pourquoi tu tombes dedans!

J'offre de belles places; on gagne sans travailler. — Je viens aujourd'hui te mettre en garde contre les annonces de journaux et contre les places que des inconnus, hommes ou femmes, offrent aux jeunes filles, dans des conditions souvent très alléchantes, et dont il faut se méfier à tout prix. Ces annonces disent toujours : un gros salaire et peu de travail. — Voilà le trou, mon enfant, et tu ne sais pas les horreurs qui sont au fond. Tu n'as probablement jamais entendu parler de la *Traite des blanches*. Sache qu'il existe, dans tous les pays et dans presque toutes les villes, des gens qui, sous prétexte d'offrir de bonnes places aux jeunes filles, les emmènent et, en cachette, sans qu'elles s'en doutent, les vendent, tu entends bien, enfant... *les vendent* à des tenanciers de maisons de prostitution. On vend des femmes oui, comme autrefois on vendait les nègres !

Marchands de chair humaine. — Ces habiles *traitants*, comme on les appelle, ne vendent pas une jeune fille dans sa propre ville, car on la reconnaîtrait; ils l'emmènent plus loin, souvent à l'étranger, dans un pays dont elle ne connaît pas la langue. On lui a dit qu'elle aurait de beaux gages, qu'elle serait bonne, ou femme de chambre, ou institutrice parfois, et qu'elle aurait peu de travail; et la jeune fille, qui ne se doute pas qu'elle est vendue et que le *traitant* a reçu 800 francs ou davantage, est enfermée dans une maison de prostitution où on la force de tomber au rang des pires épaves de la société ! Elle est perdue !

Ces *traitants*, hommes ou femmes, sont très habiles et échappent constamment à la police qui les poursuit. Des sociétés, telles que l'*Union des Amies de la jeune fille*, cherchent à protéger les jeunes filles, et je mettrai à la fin de cette brochure une liste des œuvres ou des sociétés qui peuvent vous aider à trouver honnêtement du travail, à éviter par conséquent la Traite des blanches et ce qui s'en suit presque certainement, c'est-à-dire la prostitution, l'horrible et infâme prostitution qui tue l'âme, et aussi très rapidement le corps.

Pièce de soie et sac de pommes de terre. — Ces *traitants* ou *trafiquants* ont des compères et amis dans le monde entier; ceux de Paris vendent des femmes en province ou dans l'Amérique du Sud, en Italie, en Espagne; les trafiquants des autres pays envoient leurs victimes en France ou autre part. Toujours ils cherchent à dépayser les filles, afin qu'elles leur échappent plus difficilement. Ils se servent, pour leurs télégrammes, d'un langage convenu qu'on a fini par découvrir, mais qu'ils changent de temps en temps. Ils télégraphient par exemple à un autre trafiquant : « *Je vous envoie, lundi, à dix heures, avec un gardien, trois pièces de soie, une pièce de coton et un sac de pommes de terre.* » Ceci veut dire : « *Je vous envoie, trois jolies jeunes filles, une moins jolie et une autre solide mais pas jolie.* »

Les sociétés qui protègent les jeunes filles dénoncent ces misérables à la police tant qu'elles peuvent, mais combien de jeunes filles ne se sont-elles pas perdues, parce qu'elles ou leurs parents n'avaient pas pris assez d'informations sur les places qu'on leur offrait !

Méfiez-vous des places faciles et des grandes villes. — Encore une fois, méfiez-vous des places fournies par des inconnus. Mieux vaut rester au village, et surtout ne pas toujours rêver d'aller à Paris.

— 35 —

Tout au bas de l'Escalier.

LA PROSTITUTION

En garde contre les dangers de la prostitution. — La plupart des jeunes filles ignorent complètement ce qui les attend, si elles deviennent des *prostituées*. Bien peu sont assez vicieuses pour y arriver de gaîté de cœur. C'est après une chute et un abandon que l'on tombe toujours plus bas, mais peut-être quelques-unes s'arrêteraient-elles encore sur la pente, quelque difficile que ce soit, si elles savaient bien clairement les douleurs, les hontes, les esclavages auxquels elles s'exposent, au lieu du plaisir et de la vie facile sur lesquels elles comptaient. C'est ce que je voudrais leur faire connaître. Elles verraient qu'il vaut mieux travailler dur et avoir faim que de tomber dans la prostitution.

Police des mœurs; filles soumises. — Rappelez-vous l'histoire de Marie. Quand une jeune fille a eu un amant, puis deux, puis trois, qu'elle a perdu l'habitude et la force de travailler, elle est regardée comme une prostituée par la *police des mœurs*, cette terrible police qui, au lieu de chercher à la relever, l'enfonce dans la boue, en lui donnant le droit de se prostituer, mais à de certaines conditions. Elle perd son rang de femme; elle devient la chose et l'esclave de l'administration. Lorsqu'elle est inscrite sur les registres de la police, d'où il est impossible de se faire rayer sans de longues formalités et des difficultés sans nombre, et qu'elle est appelée « fille soumise, » elle ne peut plus sortir qu'à de certaines heures et dans certaines rues. Les prostituées sont conduites au dispensaire et soumises, de gré ou de force, par des médecins, à des examens intimes et déshonorants, afin de constater si elles ne transmettent pas des maladies vénériennes aux hommes qu'elles fréquentent. On se préoccupe peu de savoir si les hommes leur en donnent !

Les règlements. — A la moindre infraction aux règlements — et ils sont bien difficiles à exécuter — elles sont punies de la prison; et des filles qui, quelques mois plus tôt, étaient relativement honnêtes, se trouvent en contact avec les créatures les plus ignobles et les plus dégradées, qui les traitent comme des camarades et les rendent aussi viles qu'elles. Ah! combien elles pleurent maintenant, ces jeunes filles qui, autrefois, auraient pu être de braves et honnêtes travailleuses !

Les obligations infâmes. — Mais ce n'est pas tout; les agents des mœurs, qui sont souvent peu respectables eux-mêmes, n'ont aucun respect pour les prostituées qu'ils pourchassent, et ils cherchent à les faire entrer dans les maisons de prostitution où ils les surveilleront plus facilement. Les femmes qui y entrent et dont beaucoup ont été *vendues* par des trafiquants de la traite des blanches dont je vous ai parlé, perdent toute liberté. Elles sont de véritables esclaves de la tenancière ou maîtresse de la maison, et elles sont forcées de se livrer au premier venu qui vient à la maison et qui les choisit, même s'il est vieux, sale, ivre ou dégoûtant. On les oblige à boire continuellement et à dépenser ainsi les gains de leur honteuse vie. Du reste, comme le disait une de ces malheureuses : « On ne pourrait pas vivre dans cet enfer si on n'était pas constamment ivre. » Elles ne peuvent pas sortir de ces maisons d'infamie, et souvent la tenancière les vend, à leur insu, à une autre maison et les expédie au loin, quand elle en a assez.

Voilà, jeunes filles, où on en arrive lorsqu'on se laisse glisser sur la pente, et je crois qu'il est nécessaire de vous faire connaître l'abîme où vous pourriez tomber, même s'il vous est douloureux d'y plonger vos regards. Vous ne saviez pas tout cela, n'est-ce pas?

Les maladies et la mort rapide. — Mais je n'ai pas fini, car j'ai à vous apprendre les conséquences et la fin de la chute dans le mal. Elles sont terribles, et on ne les connaît pas assez. Le mal porte en lui sa propre punition : il n'a pas besoin que les tribunaux lui en infligent.

Les malheureuses pensionnaires des maisons de prostitution ne vivent jamais longtemps; elles sont certaines de contracter, au bout de peu de temps, les maladies vénériennes les plus horribles, sans parler de la tuberculose si fréquente, et elles finissent dans la misère la plus affreuse, au bout de peu d'années. Lorsqu'elles sont malades et qu'elles ne peuvent plus faire leur infâme « métier, » elles sont brutalement ou cyniquement mises à la porte, uniquement couvertes, le plus souvent, de quelques vieux habits, et sans argent. C'est alors la mort à brève échéance, dans un coin, comme un chien.

On court vers le plaisir, et on rencontre la honte et la mort. — Voilà, enfant, la vie gaie et insouciante que tu avais rêvée, voilà la richesse, voilà à quoi aboutit ce que tu croyais être du plaisir!

Terrible contagion. — Attends encore, j'ai fait allusion aux maladies vénériennes, mais tu ne sais que bien imparfaitement ce que c'est. Elles sont tellement contagieuses que tout le monde doit en avoir peur : il est possible, pour une personne honnête, d'être contaminée par le simple attouchement d'une plaie de vénérien, si, par malheur, on a à la main une légère égratignure, ou par le fait d'avoir bu dans un verre contaminé, mais ces cas sont heureusement rares. Ces maladies sont généralement la punition de l'inconduite; elles sont très graves et se guérissent très difficilement, même avec des soins constants, douloureux et pénibles. Elles attaquent, l'une après l'autre, toutes les parties de l'organisme. Après avoir commencé par les organes les plus intimes, ce sont les yeux, le nez, la bouche, les dents, la gorge, les cheveux ; tout s'en va en pourriture. Elles finissent par vous couvrir de plaies et de boutons ; elles pourrissent littéralement le corps et vous rendent repoussant pour tout le monde. Puis lorsqu'après avoir longtemps travaillé à vous guérir, vous vous croyez sauvé, vous vous apercevez au bout de quelques mois que l'horrible maladie reparaît de plus belle. Quelle douleur! Et il suffit d'une fois, d'une petite fois, pour attraper ces maladies !

Ah ! si j'avais su ! sanglote plus d'une désespérée. Moi qui croyais mener une vie si facile ! Quelle punition ! Si quelqu'un m'avait prévenue ; si j'avais su !

Le cri des filles tombées. — C'est pourquoi, jeune fille, je te préviens, comme une mère et comme une amie. Ecoute-moi, je n'exagère rien, je t'assure, bien au contraire !

Si tu pouvais entendre la voix des autres jeunes filles, elles te crieraient : « Ne faites pas comme nous ; nous aussi nous ne savions pas. Nous sommes tombées tout au bas de l'escalier, si bas que nous n'avons même plus la force d'essayer de remonter. Là où nous sommes, le corps et l'âme sont pourris. »

Ce qui aurait pu être. — Et quand on pense à tout ce qu'on a gâché! oh! quelle pitié! toute la jeunesse et la vie qu'on avait devant soi! Car enfin, chacune peut aspirer à l'amour, chacune peut espérer fonder un foyer, avoir, peut-être plus tard, peut-être dans longtemps, mais enfin une fois, un cher mari et des petits enfants. Il y aura bien des moments durs à passer pour l'ouvrière avant d'en arriver là. Parlons des conditions nécessaires.

Un heureux ménage. Conditions. — D'abord il ne faut pas se mettre en ménage avant d'avoir économisé une bonne petite somme qui permette d'acheter un petit mobilier et de s'installer, sans aucune dette derrière soi et même avec un peu d'argent d'avance, pour les cas de maladie. Quant au trousseau, composé non de belles robes, mais de bon linge, la jeune fille doit l'avoir acheté et cousu à l'avance, petit à petit, quatre mètres de cretonne par ci, trois par là, et tout est prêt quand on se marie.

Prends garde au voleur. — Car tu sais bien, quand je dis « se mettre en ménage, » cela ne veut pas dire se donner à un jeune amoureux et compter sur ses promesses de mariage. Non, non, rien du tout avant le mariage, pas une seule caresse intime.

Sens-tu ce baiser sur ta joue qui te fait tressaillir, cette main qui se glisse autour de ta taille et à la pression de laquelle tout ton être semble consentir? Prends garde, enfant, c'est le voleur, sauve-toi! C'est le voleur d'amour et le voleur d'honneur. Sauve-toi pendant que tu as encore un peu de volonté! Peut-être que tout à l'heure elle sera toute partie. C'est comme cela que l'on tombe, enfant!

Courage, courage! — Eh! crois-tu que je ne sais pas combien ce baiser te fait envie, combien ton cœur demande l'amour. Mais tu ne peux pas maintenant. Il ne faut pas, enfant, tu ne dois pas! C'est le danger, c'est peut-être la mort!

Plus tard, enfant, plus tard! Sois courageuse et patiente! Ta seule chance de bonheur, c'est le travail, le travail acharné, la patience et le courage. Il faut tout cela et pendant bien des années, pour mériter qu'un jour un brave garçon, qui, lui aussi, aura travaillé de son côté avec courage, puisse venir à toi et te demande de t'unir à lui pour la vie et pour la mort. Songe au bel idéal que j'ai cherché à t'apprendre, petite amie, songe à la pureté du lis! Ne gâche pas ton bonheur. Pense que ce bonheur vaut bien la peine qu'on prend à le gagner!

Le petit ménage. — Je veux, en terminant, te montrer le tableau d'avenir que tu devrais avoir toujours devant les yeux; un si joli tableau où tu pourras puiser du courage!

La cuisine. — Vois-tu cette chambre bien claire et bien propre? Les fenêtres viennent d'être lavées, les rideaux ont été lavés et repassés de frais. Je sens une bonne odeur sortir de la petite cuisine qui est à côté, et une jeune femme penchée sur un livre de cuisine étudie une recette qui lui donnera un plat nourrissant et peu cher. Elle frotte et regarde avec amour l'alliance qui est à son doigt. La jeune femme attend son mari qui va rentrer de son travail. Elle sait bien que pour empêcher les hommes de s'arrêter au cabaret, il faut leur faire un intérieur agréable et se donner de la peine pour la cuisine.

La personne. — Il faut aussi être agréable à voir, et la jeune femme qui n'a qu'une robe de cretonne simple, mais propre, donne un coup de brosse sur ses cheveux et se lave la figure et les mains.

Le bébé. — Mais j'entends un petit bruit dans ce coin de la chambre, qu'est-ce donc? Eh! c'est un berceau avec un petit bébé bien propre, qui se porte bien, parce que sa maman suit exactement, pour sa nourriture et son hygiène, les conseils du docteur du dispensaire voisin.

On entend un pas dans l'escalier : c'est le père du petit enfant, c'est le mari qui arrive tout joyeux. Et qui est la jeune femme? Retournez-vous, Madame, que je vous voie : — Mais c'est toi, mon enfant! toi, mon amie depuis le commencement de cette brochure! — Voilà donc le bonheur que tu as gagné et que tu as mérité par ta sagesse et ton courage. Tu vois bien que cela valait la peine de m'écouter. *Tu ne savais pas — tu sais*, et tu as mis en pratique ce que je t'ai appris. Courage encore, courage toujours!

Ton amie,

MARGUERITE DE SCHLUMBERGER.

ŒUVRES

où les Jeunes Filles de Paris peuvent se présenter.

1o *Union internationale des Amies de la jeune fille.* Siège social : 328, rue Saint-Jacques.
2o *Association catholique internationale des œuvres pour la protection de la jeune fille.* Siège social : 4 *bis*, rue Jean-Nicot.
3o *Association pour la protection de la jeune fille* (Section israélite). Siège social : 19, rue Saint-Vincent-de-Paul.
4o *Association pour la répression de la Traite des Blanches.* Siège social : 10, rue Pasquier.
5o *Foyer de la jeune fille,* 19, rue Bérenger et 39, rue de Turenne.

BROCHURE

distribuée par

l'Union Internationale des Amies de la Jeune Fille.

BRANCHE FRANÇAISE

Chères Jeunes Amies,

L'*Union des Amies de la Jeune Fille* a pour but d'aider, d'encourager, de soutenir toutes celles d'entre vous qui se sentent isolées ou se trouvent dans des circonstances difficiles. Adressez-vous donc en toute confiance à l'*Amie* qui réside dans votre localité ou à un Membre du Comité National français.

Cette dame vous soutiendra en toute occasion dans la lutte contre les obstacles et les dangers qui vous entourent; elle vous aidera à préparer votre avenir, si vous êtes encore indécises dans le choix d'une carrière.

Recevez, dès aujourd'hui, quelques avis, inspirés par notre ardent désir de vous être utiles.

Aux Jeunes Filles qui voyagent,

Parmi les jeunes filles isolées, les plus exposées sont celles qui entreprennent seules de longs voyages : c'est à elles que nous avons pensé tout d'abord.

Nous avons installé dans les gares des grandes villes des agentes qui fournissent aux voyageuses toutes les indications nécessaires, soit pour continuer leur route, soit pour s'installer en sécurité dans la ville où elles arrivent.

Dans les localités où il n'y a pas d'agente en permanence à la gare, les Amies vont elles-mêmes attendre les jeunes filles qui s'annoncent. Avertissez-les de votre passage quelques jours à l'avance. Pour ne pas compliquer outre mesure le service, ayez soin de combiner votre voyage de façon à ne pas arriver pendant la nuit.

Prenez en voyageant les précautions suivantes :

Choisissez les wagons à couloir, afin de pouvoir changer de place si vous avez des voisins importuns. Veillez sur votre petit bagage; mettez votre argent et vos papiers en lieu sûr.

Soyez vêtues simplement.

Si, pour un motif quelconque, personne ne se trouve à la gare pour vous attendre, consultez nos affiches, ou les employés reconnaissables à leur uniforme, mais n'acceptez aucun service des inconnus.

Aux Jeunes Filles qui cherchent à se placer,

Faites tous vos efforts pour trouver un gagne-pain sans quitter votre famille. Dans la maison paternelle, vous êtes à l'abri des tentations souvent terribles qui vous menacent ailleurs. Mais si les circonstances vous obligent à partir, n'allez jamais à l'aventure.

Ne vous fiez pas aux annonces contenues dans les journaux. Si on vous indique une place, priez les *Amies de la Jeune Fille* de vous aider à prendre des renseignements.

Lorsque vous aurez accepté un poste dans une maison honorable, efforcez-vous de répondre à ce qu'on attend de votre service.

Remplissez tous vos devoirs avec conscience et avec cœur, vous souvenant que vous pouvez faire beaucoup de bien ou beaucoup de mal, suivant votre conduite, dans le milieu où vous vous trouvez.

Ne quittez jamais une maison sérieuse où vous êtes bien traitée, pour accepter une situation équivoque avec le désir d'obtenir de plus gros gages. Evitez le plus possible d'errer de place en place. Cependant, si des raisons sérieuses vous obligent à changer, au lieu d'aller dans des bureaux de placement inconnus, adressez-vous encore à une *Amie de la Jeune Fille*, pour qu'elle vous aide dans vos recherches.

Aux Employées dans le Commerce ou l'Industrie,

Si vous désirez avoir une situation dans le Commerce ou l'Industrie, cherchez à acquérir d'abord les connaissances spéciales sans lesquelles il est impossible d'obtenir un poste avantageux.

Etudiez la comptabilité, la sténographie aujourd'hui très demandée, et si possible une langue étrangère. Ou bien, faites l'apprentissage nécessaire pour l'industrie dans laquelle vous voulez travailler.

Lorsque vous quitterez vos parents pour vous fixer en ville, évitez d'habiter seule une petite chambre. Vous courriez le risque d'y être non seulement mal logée, mais encore exposée à de réels dangers. L'*Union* met à votre disposition des maisons appelées *Foyers* dans lesquelles vous trouverez la vie de famille à de bonnes conditions matérielles et morales.

Profitez, chères jeunes filles, des ressources que nous sommes heureuses de vous offrir et dont la liste ci-après vous donnera un aperçu.

VILLES	PROTECTION DES VOYAGEUSES	CHAMBRES HOSPITALIÈRES	BUREAUX DE PLACEMENT	FOYERS
PARIS	Home des Gares 8, rue St-Paul	Home Internation. 328, rue St-Jacques Home Suisse 25, rue Descombes Home Anglais 77, Avenue Wagram Home Allemand 110, rue Nollet, 110	328, r. St-Jacques 25, rue Salneuve 120, rue Blomet	Cercle Amicitia 12, rue Parc-Royal Foyers de l'ouvrière 60, rue d'Aboukir 102, rue Richelieu 12, r. de la Victoire 69, faub. St-Denis 102, rue Charonne
BELFORT	S'adresser, 4, rue Kléber	4, rue Kléber		
BORDEAUX	S'ad. à Mlle Rénon, 52, rue Judaïque	17, rue Ducau	17, rue Ducau	16, rue Margaux
CANNES	S'ad. à Mlle Bonnet, 9, rue Cronstadt	2, rue Jean-Dollfus	3, rue J.-Leclerc	
COGNAC				17, r. Lazare-Carnot
LE HAVRE	S'ad. à Mlle Jardin, 61, rue Ch.-de-Foire			
LILLE		15, rue Gauthier-de Châtillon		
LYON	S'ad. à Mlle Rourin, 40, Cours Morand	53, rue Molière	53, rue Molière	40, Cours Morand
MARSEILLE	S'ad. 14, rue Puget	14, rue Puget	14, rue Puget	30, rue Fongate
MONTAUBAN	S'ad. à Mme Girbal, 20, r. Ville-Bourbon	44, av. Gambetta	44, av. Gambetta	
MONTPELLIER		6, impasse de l'Observance		
NANCY	S'ad. à Mme Durand 6, rue Chanzy	108, r. Mont-Désert		
NICE	Home de la Gare, 13, rue Trachel	3, rue Auguste-Raynaud	3, rue Auguste-Raynaud	3, rue Masséna 47, av. de la Gare
NIMES		1, rue Duguesclin	1, rue Duguesclin	
ST-ÉTIENNE				38, r. de la Républ.
TOULOUSE		Asile Jarrus, allée de Garonne		
VALENCE		S'adr. à Mme de la Condamine, 6, rue Saint-Jean		

Pour tous renseignements concernant les autres villes, s'adresser à un membre du Comité National où à la Présidente de la région :

PARIS : Mme DAVAINE, présidente, 2, rue Singer, XVIe arrondissement.

LYON : Mme DE WATTEVILLE, vice-présidente, 15, quai St-Clair.

MARSEILLE : Mme SCHLOESING, 103, rue Sylvabelle.

VALENTIGNEY (Doubs) : Mlle PEUGEOT, au Rocher.

FONFROIDE-LE-HAUT, sur Montpellier : Mme LEENHARDT.

CALUIRE-sur-LYON, 42, Grand'rue : Mlle BLANC, secrétaire générale.

LISTE DE LIVRES OU BROCHURES

Brochures par T. Combe à 10 centimes.

Vos frères et vos sœurs.
Petites mains (suite).
Trois grains d'or.
Une demi-personne.
Un petit mot magique.
Zéro franc, zéro centime.
Relâche.
Ce que fit un géranium.

Une table et une lampe.
Le dernier mot.
Le bon silence.
Histoire de 4 cartes postales.
Une femme d'abstinent.
Une autre femme d'abstinent.

Livres.

Petite mère.	Mme DE PRESSENSÉ.
Un petit monde d'enfants.	—
La fille du braconnier.	Mlle ROSSEEUW ST-HILAIRE.
Une heureuse rencontre.	Mme KERGOMARD.
Donatienne.	RENÉ BAZIN.
La terre qui meurt.	—
Simples récits.	Mme COLOMB.
Contes vrais.	—
Un enfant sans mère.	Traduit de l'anglais par Mme C. DE WITT.
Reine et Maîtresse.	Mme DE WITT.
Une sœur.	—

— 48 —

TABLE DES MATIÈRES

www.ingramcontent.com/pod-product-compliance
Lightning Source LLC
Chambersburg PA
CBHW060821180626
46818CB00002B/909